DO
A
DO

Chloé ASCENCIO
BIEN TROP PETITE/2000

Irène COHEN-JANCA
FILS DE ZEPPELIN/2000
L'ÉTOILE DE KOSTIA/2002

Vincent CUVELLIER
KILOMÈTRE ZÉRO/2002

Guillaume GUÉRAUD
CITÉ NIQUE-LE-CIEL/1998
CHASSÉ-CROISÉ/1999
LES CHIENS ÉCRASÉS/1999
COUP DE SABRE/2000

Laura JAFFÉ
POUSSIÈRE D'ANGE/2000

Valérie MATTHIEU
LE CIEL DE TRAVERS/2001

Frédérique NIOBEY
LOEÏZA/2001

Apache

Guillaume GUÉRAUD

DO A DO

aux ÉDITIONS DU ROUERGUE

1

Billy tourne sèchement la tête vers le bout de la rue et insulte le vent chaud qui fait onduler le trottoir.

Comme si ces foutues bourrasques étaient capables de renverser la ville de San Carlos.

Un géant torse nu titube sur l'asphalte.

Le logo d'une marque de whisky est tatoué entre ses omoplates. Les poils de son torse sont imbibés d'alcool. Son pantalon est maculé de crasse. Une jungle de longs cheveux noirs lui griffe les joues.

Il écarte les bras pour tenter de rester en équilibre mais une bagnole aux portières froissées le frôle à toute bringue.

Billy se précipite vers lui et le retient par une manche avant qu'il ne s'affale sur la chaussée.

Le colosse le repousse en soufflant une tempête de vin macéré :

– Lâche-moi !

Deux chiens au pelage roussi par les lanières du soleil font claquer leurs mâchoires vers le ciel.

Des hommes toussent et crachent et reniflent.

Certains s'agrippent les uns aux autres et forment des grappes chargées de détresse.

Même les moins soûls sont obligés d'enfoncer leurs doigts dans les murs pour tenir debout.

Tous les véhicules serpentent selon le rythme chaotique d'une danse oubliée et le géant se met à danser au milieu du trafic tumultueux.

Il valse tel un crabe écrasé par le poids de sa propre coquille.

Et ses pas de funambule maladroit se disloquent dans un orage de copeaux rouillés au moment où une vieille camionnette le fauche violemment au niveau des genoux.

Le choc le projette presque avec délicatesse par-dessus le plateau du pick-up en ruine alors que le timbre d'un klaxon plane sur le macadam.

Les automobilistes poursuivent leur route pied au plancher, montant sur les trottoirs pour contourner le carambolage, sans même vérifier dans le rétroviseur si le truc que leur pare-chocs a heurté est bien une poubelle et pas autre chose.

Ils connaissent ce genre de scène par cœur. Ils vont encore en voir deux ou trois identiques à celle-là avant la fin de la journée. Ils auront probablement eux-mêmes un jour la tête découpée par leur pare-brise à l'angle d'une rue.

Ils oublient ça en avalant une nouvelle gorgée de tequila au goulot de la bouteille qu'ils ne prennent plus la peine de camoufler sous leur siège.

Billy se rend près du corps recroquevillé du géant.

Ce dernier essaie de déployer ses membres mais une de ses jambes est tordue selon un angle insolite.

Il attrape la main que lui tend le garçon pour se redresser et rejoint le trottoir à cloche-pied.

Billy l'accompagne, lui servant provisoirement de béquille, jusque sur un banc où une vieille femme édentée ronfle bruyamment.

Le géant se vautre dessus :

– File-moi une clope, gamin !

– Je fume pas… lui répond Billy.

La vieille femme redresse soudain la tête :

– J'suppose qu't'as pas d'quoi boire non plus ?

Billy hausse les épaules.

Elle se rendort en marmonnant :

– Petit saligaud…

Le géant étire ses bras immenses :

– Tu as même pas un peu de fric ?

– Vous devriez aller voir un médecin pour votre genou…

– Il me faudrait du fric, gamin !

Il tire un morceau de ficelle de ses poches et le noue autour des broussailles de cheveux qui emprisonnent son visage.

Son visage luit comme du cuir patiné.

– Ça saigne vachement… insiste Billy.

– Rentre chez ta mère, gamin ! lui conseille le géant.

Billy rentre seulement son tee-shirt à l'intérieur de son pantalon :

– Ma mère est aussi brindezingue que vous...

– Comme tous ceux qui sont ici, gamin !

– Bien pire... Elle déboulonne au mescal les pochards de votre espèce dans un tas de bars...

– Elle tombera avant que je me plie en deux si jamais je la croise !

– Vous êtes déjà plié en deux à cause de votre genou...

Le géant grimace et son visage de cuir devient tout fripé :

– Comment tu t'appelles, gamin ?

– Billy.

– Évite de jouer au cow-boy avec moi, Billy !

Le garçon secoue la tête :

– Je joue pas au cow-boy...

Il pointe deux doigts en forme de revolver vers le géant avant de crier :

– Et vous n'êtes même pas l'ombre d'un véritable Apache !

2

Ses yeux sont comme deux morceaux de basalte surchauffés par la colère.

Il ne vit pas dans un camp, sous un hogan fait de perches et de fougères, à la lisière d'une forêt.

Il habite à San Carlos, Arizona, dans un appartement vétuste, au cœur de la réserve San Carlos Apache Tribe.

Il ne se peinturlure pas le visage. Il ne se coiffe pas avec des plumes. Il ne fume pas le calumet. Il ne chasse pas les animaux sauvages. Il ne sait même pas monter à cheval.

Billy a treize ans.

Il regarde des séries télévisées. Il connaît les règles du base-ball. Il arrive à faire des bulles avec son chewing-gum. Il porte des blue-jeans délavés. Et il mange des hamburgers.

– Tu es simplement américain ! tente de le persuader sa mère quand elle arrive à parler.

Billy a un prénom de cow-boy mais ses parents sont des Apaches Chiricahuas.

– La tribu de Cochise et de Geronimo… tient inlassablement à rappeler son grand-père.

– Cochise mon cul ! rechignait Jim à tous les coups.

Jim était le frère aîné de Billy.

Il bossait comme bûcheron, sur les rives du lac de San Carlos, en amont du barrage de Coolidge.

Il rentrait chaque soir contredire les discours du grand-père sur la gloire de leurs ancêtres communs :

– Cochise s'est rendu et a signé la paix avec les envahisseurs blancs ! Et ce crétin de Geronimo a passé sa vie à courir sans pouvoir rien gagner !

– Cochise et Geronimo ont massacré la milice californienne en 1861 ! plaidait le grand-père. Cochise a baissé les bras parce que tous ses frères mouraient les uns après les autres. Il était fatigué. Il ne supportait plus la barbarie. Mais Geronimo a continué à se battre. Il s'est évadé plus de fois que n'importe quel prisonnier. Il a lutté sans relâche pendant vingt-cinq années... Pourquoi fais-tu le malin alors que tu n'as même pas cet âge-là ?

Jim restait silencieux.

Il pensait certainement déjà à quitter la réserve.

– Dis-toi bien que c'est grâce à Cochise et à Geronimo que les Apaches existent encore ! poursuivait le grand-père. Dis-toi que c'est grâce à leurs combats que les terres de San Carlos nous appartiennent ! Dis-toi enfin que c'est grâce à eux que tu peux travailler ici !

– Voilà le résultat... avait alors répondu Jim, la dernière fois, en ouvrant sa main droite.

Il lui manquait le pouce et l'index.

Ses deux doigts avaient sauté sur une lame de scie.

Il était ensuite allé s'asseoir sur le rebord de la fenêtre et avait passé sa main amputée dans les cheveux de Billy :

– Je crois que j'ai plus grand-chose à foutre ici…

– Pourquoi ?

– Grand-père raconte toujours les mêmes bêtises… Maman se vautre dans les bars les plus infects de la ville… Je risque de devenir dingue… Tu comprends ?

– Non.

– Je vais me casser…

Et Jim était parti sans embrasser personne.

3

Billy franchit une rangée de véhicules échoués sur le parking et pénètre à l'intérieur de l'immeuble.

La boîte aux lettres est vide.

Il gravit les marches avec précaution pour éviter de glisser sur les ordures répandues dans la cage d'escalier.

Son grand-père est encore devant la télévision.

Il a poussé le volume à bloc mais il a quand même reconnu les pas de son petit-fils :

– Billy...

– Ouais.

– Regarde ces trucs-là...

Des films publicitaires défilent sur l'écran.

Billy s'empare de la télécommande et éteint le poste.

– Merde alors ! proteste le grand-père. Rallume ça tout de suite !

– Ces conneries vont finir par t'arracher les yeux !

– Ça va être l'heure du rodéo !

Le rodéo est son spectacle favori.

Voir tous ces faux cow-boys valdinguer et se briser les côtes transforme ses rides ternes en véritables guirlandes.

Il défroisse ses paupières de parchemin dès que Billy remet la télé en marche et sourit en imaginant à l'avance les vols planés :

– Tu vas voir ça !

Billy adore plutôt voir le coin tombant de ses lèvres desséchées se tordre dans l'autre sens jusqu'à rejoindre le lobe de ses oreilles.

Les portes de l'enclos coulissent et le premier cavalier ne tient pas plus de trois secondes en selle.

Le grand-père se gondole :

– Tu as vu ?

– J'ai vu tout à l'heure un type faire exactement la même chose par-dessus un pick-up en plein milieu de la rue.

Une ruade envoie le second concurrent dans les gradins.

Le visage du grand-père, habituellement flétri comme une vieille pomme, devient aussi vif qu'un courant d'air.

– Pourquoi les gens dégringolent de cette façon ? demande Billy.

– Ces chevaux sont particulièrement cinglés et je pense que ces imbéciles de cow-boys le sont encore plus.

– C'est pas la question que je te posais.

– Quoi ?

– Je te parlais des gens de la réserve.

– Eh bien ?

– Pourquoi ils tombent tout seuls ?

Le vieil homme plisse les yeux tel un guetteur scrutant les moindres tressaillements d'un canyon immobile :

– Je ne sais pas…

Et il ajoute comme s'il venait de trouver la réponse dans le paysage complexe de ses souvenirs :

– Notre peuple a fini par trouver normal d'avoir toujours plus mal… Il faut croire que certains d'entre nous estiment que ce n'est pourtant pas encore suffisant…

4

Les lambeaux d'une vieille affiche de film sont punaisés contre la porte de la pièce.

Une bouteille de mauvais vin, lancée un jour à toute volée par un ivrogne de passage, en a emporté le titre.

Tout le reste est couvert de taches aux origines indéfinissables.

Seule une image a survécu à l'érosion.

Elle représente un mustang moucheté bondissant à travers un rideau de flammes.

Le grand-père de Billy la contemple et se met à glousser :

– Les producteurs de cinéma étaient persuadés que n'importe quel Indien pouvait maîtriser n'importe quel cheval en un clin d'œil ! Tu parles… Les meilleurs pour ça étaient peut-être les Cheyennes. Sauf que les Visages pâles confondaient tous les Peaux-Rouges ! Ils n'ont jamais su distinguer un Sioux d'un Apache !

– Ça n'a pas changé… lui fait remarquer Billy.

– Sûr ! Mais c'était l'âge d'or du western ! Des tripotées de chevaux envahissaient les studios ! La plupart des réalisateurs étaient incapables de les diriger ! Alors les producteurs se sont rendus dans les réserves indiennes pour recruter des volontaires !

Il marque une pause et confie en fronçant les sourcils :

– Rares étaient ceux qui voulaient aller trimer là-bas entourés par des cow-boys… Surtout vu le climat politique qui régnait à l'époque…

« Là-bas », c'était Hollywood.

« Le climat politique », c'était la chasse aux sorcières rouges.

« L'époque », c'était le début des années cinquante.

Le vieil homme rabâche constamment cette histoire :

– Moi, j'avais vingt ans, je ne savais rien faire, j'étais monté moins d'une dizaine de fois sur un cheval, j'avais encore jamais vu un seul film, j'ignorais tout du cinéma, je savais à peine parler américain... Mais j'étais sûr que rien ne pouvait être pire que la vie à San Carlos... Alors je les ai suivis en me faisant passer pour un maître d'équitation !

Il éclate de rire :

– Tous les bourrins se mettaient à galoper dès qu'ils me voyaient ! Je ne pouvais pas approcher le moindre cheval...

– Tu m'as déjà raconté ça vingt fois ! le coupe Billy.

– Ah bon ?

– Ouais.

– Et je t'ai parlé de Howard Hughes ?

– Ouais. Le patron de la R.K.O. Celui qui aimait les filles avec des gros nichons.

– Tu aimes aussi les filles qui ont de gros nichons ?

– Je sais pas.

– Alors pourquoi tu ricanes bêtement ?

– Je ricane pas.

Le grand-père se masse le front avant de reprendre :

– Howard Hughes était un type complètement fêlé. Il aimait les gros nichons mais il aimait encore plus les avions. Il survolait les lieux de tournage avec son zinc et je peux te dire qu'on se mettait tous aux abris ! Impossible de calmer les chevaux après un tel raffut !

Billy se sert un verre d'eau et écoute patiemment.

– Un metteur en scène me convoque un jour dans son bureau et appelle Howard Hughes pour lui dire : « Cet Indien est un bon à rien ! Les chevaux ne peuvent pas le voir en peinture ! Ils partent au triple galop chaque fois qu'il arrive ! Je ne peux pas travailler dans ces conditions ! Il faut le virer ! » Et tu sais ce que lui a répondu le patron ?

– Non… ment Billy.

– Il lui a répondu : « Gardez-le ! Je suis tout le temps en train de répéter que nos westerns manquent de poursuites à cheval ! J'en ai marre de voir des cow-boys se trimballer comme des limaces ! Collez cet Indien au cul de chaque monture et filmez enfin des scènes qui foutent le tournis ! »

Et voilà comment le grand-père de Billy avait décroché un contrat pour travailler à la R.K.O.

Son nom ne figure sur aucun générique mais son ombre a plané quelques années au-dessus de nombreuses cavalcades.

– Tout ça jusqu'à ce que je me fasse bousculer par ce salopard de John Wayne !

Billy hoche la tête et tripote son verre.

– Qu'est-ce que tu es en train de boire ? lui demande soudain son grand-père.

– De l'eau.

– Tu bois de l'eau ?

– Ouais.

Cette réponse replonge le vieil homme dans les tortueux courants de sa mémoire :

– Les Apaches de San Carlos buvaient déjà beaucoup quand je suis parti. Et ils buvaient encore plus quand je suis revenu. Mais le pire des ivrognes que j'aie pu rencontrer était cinéaste. C'était ce borgne… John Ford… J'ai jamais vu boire quelqu'un autant que ce gars-là ! J'ai bossé sur trois de ses films. Il lui manquait un œil et il se soûlait au whisky mais il arrivait à faire des images magnifiques. Et c'était le seul à me payer au même tarif que les autres techniciens.

– Mais c'était un copain de John Wayne ! anticipe Billy qui connaît la suite par cœur.

Le grand-père se mouche avec les doigts :

– Ce gros lard de John Wayne estropiait tous les chevaux ! Et il haïssait les Indiens ! Chaque fois qu'il lui arrivait de me croiser, il râlait à haute voix en regardant le ciel : « Il en existe donc encore… » Et quand j'ai osé lui demander de quoi il parlait, il m'a soulevé de terre et il a vociféré : « Des sauvages de ton espèce, putain de Peau-Rouge ! »

Il renifle pour conclure :

– Je suis rentré à San Carlos le lendemain…

– On dirait tout le temps que tu regrettes ça ! s'emporte Billy.

Son grand-père ferme les yeux pour rappeler doucement :

– Tsoha-ni-nke adorait les westerns avec John Wayne.

Billy se mord les lèvres.

Lorsque Tsoha-ni-nke avait entendu cette histoire, enrichie de multiples anecdotes sur le caractère détestable de John Wayne, il avait filé à Hollywood et il était revenu deux semaines plus tard avec le scalp du comédien accroché à sa ceinture.

Il avait cherché John Wayne partout sans pouvoir lui mettre la main dessus alors il avait finalement scalpé sa statue de cire exposée dans un musée.

– Un véritable acte de bravoure ! estime le grand-père.

Tsoha-ni-nke était le père de Billy.

La tequila lui servait à la fois de moteur et de carburant.

Il est mort l'année dernière en glissant sous une voiture.

Voilà peut-être pourquoi la principale occupation de Billy est de sillonner les trottoirs pour empêcher les ivrognes de tomber par terre.

5

La chevelure de la statue de John Wayne et la peau de son crâne en cire sont enfermées dans une boîte que la poussière semble épargner.

Le grand-père passe en fait son temps à la lustrer, sans jamais l'ouvrir, tel un gardien astiquant les chaînes de son prisonnier par crainte de le voir filer.

Il recourbe ses lèvres noires vers le haut :

– Tsoha-ni-nke m'a offert ce scalp… Et je lui ai donné ma fille…

– La belle affaire ! ironise Billy.

– Je te signale que c'est quand même grâce à ça que toi et ton frère Jim avez vu le jour.

Il hausse les épaules et grimace :

– Où est-elle ?

Billy fait un geste vague de la main pour désigner le chaos au-delà de la fenêtre :

– Qu'est-ce que tu veux que j'en sache…

– Tu traînes dehors toute la journée et tu ne sais pas où est ta mère ?

– Tous les pochards le savent… Pas moi.

– Dis plutôt que tu te fiches de le savoir.

– Ça doit être ça… Tout comme elle…

– Je suis sûr que tu dois te cacher pour éviter de la croiser.

– Non… Il lui suffirait de lever les yeux pour me voir… Je suis le seul à ne pas marcher comme un canard à qui on vient de trancher le cou…

Le grand-père écarquille ses épaisses paupières pour sceller son regard sur celui de Billy :

– Pourquoi tu ne vas pas à l'école ?

– Mon père et ma mère sont allés à l'école ! Je veux pas devenir comme eux !

– Qu'est-ce que tu racontes ? Ça n'a rien à voir… Ce n'est pas à l'école qu'ils ont commencé à boire !

– Tous les garçons et les filles de mon âge qui y vont en sortent pleins comme des barriques !

– Tes parents ne faisaient pas partie de ceux-là !

– Le résultat est le même…

– Tu préfères passer ton temps sur les trottoirs ?

– Ouais.

– Tu crois peut-être que tu vas réussir à sauver les Apaches en les retenant par une manche ?

– Je cherche pas à sauver les Apaches !

– Alors pourquoi cours-tu après tous les ivrognes de San Carlos pour les aider à traverser la rue sans se faire renverser ?

– Parce que je sais rien faire d'autre !

– C'est donc une bonne raison pour aller à l'école ! Apprendre est la seule chose qui puisse sauver les hommes !

L'ombre mouvante des rideaux balaie le visage lisse de Billy et glisse sur le sol avant de se briser en sinueux filaments sur les rides du grand-père.

Ce dernier incline légèrement la tête pour empêcher les rares pointes survivantes du soleil de lui taillader les yeux.

Il souffle brusquement :

– Tu deviendras comme eux si tu restes ici toujours à faire la même chose !

– Arrête ça ! proteste Billy. Je connais ta chanson ! Change un peu de refrain !

Il tend les bras et lève les yeux comme pour implorer la peinture écaillée du plafond :

– Jim a sacrément bien fait de se tirer !

– Tu ne fais que répéter ce que je te disais… gronde son grand-père.

– Quoi ?

– Jim est parti au moment où il le fallait. Il allait finir par plonger comme les autres.

– Tu es en train de me dire que je devrais faire comme lui ?

– Peut-être bien. Autant apprendre ailleurs ce que tu ne veux pas apprendre à l'école et que tu ne pourras pas apprendre dans les rues de cette ville !

– Je suis pas assez grand pour foutre le camp !

– Rester moisir dans la réserve ne te fera pas grandir davantage.

– N'importe quoi !

– Regarde-moi. Regarde ta mère. Regarde les amis de Jim qui sont restés là. Regarde tes camarades.

– Et alors ?

– Et alors on ne grandit pas. On ne fait que vieillir.

Billy se mord l'intérieur des joues :

– C'est déjà beaucoup… Mon père n'a pas eu cette chance…

– Le corps de Tsoha-ni-nke était si usé qu'on lui donnait le double de son âge ! rétorque le vieil homme.

Un tremblement saisit Billy par la colonne vertébrale. Il s'éponge le front et gifle l'air chaud pour échapper à son emprise.

Son grand-père reste impassible malgré le masque de sueur qui lui couvre le visage :

– Tu as les jambes. Tu as le cœur. Tu as la trempe. Il vaudrait mieux que tu te tailles et que tu oublies San Carlos avant qu'il ne soit trop tard.

– Et j'irais où ? éructe Billy. À Hollywood ?

– Ce que j'ai appris là-bas se résume à pas grand-chose…

– Alors où ?

– N'importe où !

– Laisse-moi rigoler !

– Rigole ! Mais Qu'est-ce qui te retient ici ?

– Sûrement pas un vieillard dans ton genre…

– Je suis bien d'accord avec toi.

Billy agite une main en signe de salut méprisant et se dirige vers la porte.

Il descend les escaliers en agrippant la rampe comme si les marches allaient soudainement se dérober.

La voix rugueuse de son grand-père l'accompagne jusqu'au rez-de-chaussée :

– Arrête de renifler le bonheur frelaté qui coule dans la gorge des soûlards !

Et sa dernière phrase lui éclate dans les oreilles au moment où il s'élance hors de l'immeuble :

– Rien ne mérite de te retenir ici Billy !

6

Billy marche maintenant vers la sortie sud de la ville et le ciel déchiré par les langues écarlates du soleil agonisant donne une ampleur démesurée à chacun de ses pas.

Des poivrots tentent de le bousculer mais il ne leur prête aucune attention.

Il ne ralentit que pour éviter les voitures.

Il n'ouvre la bouche que pour insulter le bitume qui dévore ses semelles.

Il ne redresse les yeux que pour vérifier la distance le séparant du bout de la rue où le paysage, coincé entre deux bâtiments, s'élargit peu à peu.

– Où tu vas cow-boy ?

Le géant est adossé contre un poteau téléphonique.

Deux planchettes sont grossièrement réunies par un fil de fer autour de son genou brisé.

Billy accélère.

– Ramène-moi une bouteille ! supplie le colosse.

Une supérette est à l'angle du carrefour suivant.

Elle vend du vin fortement alcoolisé à bon marché.

Un homme armé d'un fusil de chasse y monte la garde pour repousser les assauts des mendiants.

Billy poursuit son chemin.

Il laisse les dernières maisons derrière lui et parcourt encore plusieurs centaines de mètres.

La chaussée, fissurée par les lézardes et les ornières, ressemble à un puzzle en miettes.

Ses morceaux éparpillés conduisent au Nouveau-Mexique.

L'horizon est crénelé de rochers roux.

La terre est sèche et venimeuse.

L'air est brûlant.

Billy marche sur le bas-côté pour conserver ses distances avec les véhicules qui zigzaguent à fond de train.

Une sirène retentit au-delà de son champ de vision et une lueur apparaît en ondulant curieusement au-dessus de la route.

Il reconnaît le son et les couleurs de la police fédérale.

Les autorités traversent rarement le secteur.

Elles préfèrent le contourner car, si les Apaches passaient autrefois pour de farouches guerriers, ils ont désormais une réputation de dangereux sauvages au volant.

Le code de la route semble effectivement se résumer ici à deux règles élémentaires : la limitation de vitesse est facultative et les panneaux de signalisation sont uniquement décoratifs.

Mais le gyrophare qui se rapproche semble tout ignorer de ces règles-là.

« Dix contre un que ces abrutis n'arriveront pas en entier à Phoenix », aurait parié Jim.

Une voiture fonçant à contresens fouette les cheveux de Billy.

Un coup de frein lacère l'asphalte au même instant.

Des éclats de goudron voltigent.

Les essieux du camion de police craquent.

La voiture se désintègre dans un fracas métallique assourdissant.

Billy camoufle sa tête entre ses bras repliés, les mains jointes sur la nuque, avant que le nuage de poussières abrasives soulevé par le choc ne l'engloutisse.

Le camion fend la voûte enflammée de ce nuage en effectuant une étonnante figure aérienne et retombe lourdement sur un bloc de gypse dont l'arête saillante le coupe littéralement en deux dans le sens de la longueur.

Billy rouvre les yeux.

Les deux véhicules disloqués lui font face.

Il observe leurs épaves fumantes et constate avec effarement que cette portion de route est soudain devenue déserte.

Seuls des crépitements glacés traduisant le refroidissement du métal viennent perturber le silence qui règne maintenant au-dessus de ce décor calciné.

Le garçon est obligé de se retourner pour vérifier que la ville de San Carlos est toujours là, derrière lui, à moins de huit cents mètres.

– Hey… Bonhomme…

Il sursaute.

La voix provient de la carcasse éventrée du camion fédéral.

Un homme noir, suspendu par les bras à une rambarde, agite les pieds vers lui :

– Hey… Viens me filer un coup de main…

Billy avance avec précaution entre les morceaux de tôle déchiquetée :

– Vous êtes blessé ?

– Pire que ça !

Le type écarte les bras pour montrer les chaînes qui relient ses poignets à la rambarde en acier.

– Qu'est-ce que vous foutez avec des menottes ? lui demande Billy.

– À ton avis, bonhomme ? Tu crois peut-être que je m'amusais avec et qu'elles se sont malencontreusement refermées autour de mes paluches pendant ce putain de ramdam !

Il parle de façon aussi décontractée que s'il était en train de discuter base-ball avec un vieux copain.

Billy se contente de relever :

– Vous êtes prisonnier…

– Bravo bonhomme ! Alors file-moi vite les clés !

– Quelles clés ?

– Bon sang… Je cause dans le vide ou quoi ? Les clés de ces putains d'entraves à ma liberté, bonhomme ! Merde alors…

– Et où je vais les trouver ?

Il jette un œil sur la voiture défoncée qui est restée au milieu de la route comme si elle s'était encastrée dans un mur invisible.

Le type se tord le cou pour désigner les corps inertes des trois flics catapultés aux alentours :

– Elles étaient dans les poches de celui qui portait un chapeau !

Billy fait quelques pas vers les uniformes en lambeaux et revient vers le prisonnier après avoir consulté le tableau :

– Il y en a un qui a les tripes à l'air. Il y en a un qui a perdu ses jambes. Il y en a un qui est perché dans un arbre. Mais aucun des trois ne porte un chapeau.

La nappe d'essence suintant du réservoir de la voiture s'enflamme sur ces paroles alors que la dernière mèche rougeoyante du soleil s'évanouit dans le lointain.

7

Le prisonnier surveille avec inquiétude les flammes qui embrasent le goudron.

Il ouvre des yeux immenses :

– On dirait que ça chauffe, bonhomme…

Billy éparpille à coups de pied les filets de carburant convergeant vers le camion et envoie mourir leurs gouttes ardentes dans l'obscurité telles de funestes lucioles :

– Vous affolez pas.

– J'ai pas envie de griller ici ! Trouve-moi ces putains de clés…

– Je peux pas tout faire à la fois.

– C'est bien ma veine…

Billy essuie ses chaussures dans la poussière :

– Est-ce que le mec avait une moustache ?

– Non…

– Alors ça élimine toujours celui qui est dans l'arbre.

– Il avait une bague ! exulte le prisonnier. Une putain de grosse bagouze !

– Alors c'est celui qui a les tripes à l'air… déduit Billy.

Le type enchaîné se met à trépigner :

– Ouah ! Terrible, bonhomme ! Terrible !

Le garçon se dirige mollement vers le policier à l'abdomen déchiré.

– Hey…

– Quoi ?

– Bouge-toi quand même le cul, bonhomme…

Billy se baisse et plonge ses mains dans des poches imbibées de sang.

Il en ressort un trousseau de clés ruisselantes et se redresse.

Étrange concierge des ténèbres aux mains rouges.

Il se rapproche du prisonnier tout en gardant une distance raisonnable :

– Qu'est-ce que vous avez fabriqué pour en arriver là ?

– Eh bien… Faudrait plutôt demander ça aux flics, bonhomme…

– Ils sont pas en état de répondre.

– Qu'est-ce que tu veux savoir ?

– Je veux savoir ce que vous avez foutu pour vous retrouver avec des menottes.

– Je me taillais au Mexique.

– Pourquoi ?

– Pour ne pas répondre à ce genre de question, bonhomme… Mais ces bâtards m'ont chopé à Las Cruces !

– Pourquoi ? répète Billy.

– Détache-moi et je te raconterai tout ça une fois à l'abri… plaide le type.

– Non.

– Merde, bonhomme !

– Ouais. Vous êtes en plein dedans.

– Je commence à me peler le jonc !

– La nuit refroidit toujours vite dans le coin.

– Ça alors… Me voilà en train de parler météo alors que je pourrais déjà être en train de gambader dans la nature…

Billy tripote les clés visqueuses qui inondent ses mains de sang :

– J'ai envie de savoir quel genre de mec je risque de libérer.

– Si je te le disais, bonhomme, tu filerais chialer dans les jupes de ta mère sans me détacher…

– Ça m'étonnerait.

– Alors écoute bien… Je suis une véritable crapule ! J'ai menti. J'ai trompé. J'ai triché. J'ai volé. J'ai extorqué. J'ai séquestré. J'ai cogné. J'ai battu. Et j'ai trafiqué tant de choses que tu n'aurais pas assez d'une vie pour pouvoir les répertorier !

Billy a déjà enclenché la bonne clé entre ses poignets :

– Vous fatiguez pas…

Il lui ôte les bracelets.

Le type écarte les bras en signe de victoire et tape avec enthousiasme dans ses mains :

– Merci, bonhomme !

Billy regarde les menottes se balancer à vide autour de la rambarde :

– Je m'appelle pas Bonhomme.

– Pardon ?

– Je m'appelle pas Bonhomme. Je m'appelle Billy.

– Ça alors…

– Quoi ?

– Tu es bien du genre Apache ?

– Apache Chiricahua ! précise fièrement le garçon.

Le type éclate de rire en prenant la nuit à témoin :

– Un Apache avec un prénom de cow-boy !

– Je vois pas ce qui vous fait marrer.

– Excuse-moi, bonh… Enchanté de faire ta connaissance, Billy !

Il lui tend une main large comme un cerf-volant et lui confie :

– Je m'appelle Sundance !

– Et maintenant ? lui demande Billy.

– Et maintenant il va falloir que je me tire.

– Vous comptez reprendre la même route ?

– Sûrement...

– C'est pas le plus court chemin pour aller au Mexique.

– Tu en connais un autre ?

– Deux autres : celui des « dos mouillés » et celui des « dos rapiécés ».

– Je ne comprends pas le langage apache... Qu'est-ce que c'est que ces conneries ?

– C'est les agents fédéraux qui les appellent comme ça ! Les « dos mouillés » sont les clandestins mexicains qui traversent la frontière à la nage au niveau du Rio Grande.

– Je ne sais pas nager !

– Alors il vaut mieux passer par la montagne : le chemin des « dos rapiécés ».

– Pourquoi « rapiécés » ?

– Parce que les crêtes frontalières sont couvertes de barbelés.

– Tu connais bien ce chemin ?

– Non… avoue Billy. Mais il suffit de descendre plein sud…

Il tourne la tête dans l'autre sens et fixe la ville de San Carlos comme s'il tentait de déchiffrer un incompréhensible pictogramme.

« Rien ne mérite de te retenir ici, Billy ! »

La voix rauque de son grand-père lui ébrèche les oreilles.

La lumière fade des néons lui écaille les paupières.

Et le ciel enveloppant la réserve aussi hermétiquement qu'une carapace de tortue lui fait poser cette question :

– Ça vous ennuie si je vous accompagne ?

8

Sundance se masse la nuque.

Ses phalanges craquent.

Ses vertèbres craquent.

Son corps tout entier craque.

Les menottes qui le maintenaient dans une position inconfortable, bassin tordu et jambes pliées, ont endolori ses membres.

Il décontracte ses muscles fourbus en sautillant :

– Le flic qui avait les clés avait aussi des clopes… J'en fumerais bien une.

Billy file farfouiller dans le noir :

– Elles sont pleines de sang…

Un obstacle le fait culbuter et il ressort de l'obscurité en souriant :

– Mais je viens de retrouver son chapeau !

Sundance attrape le Stetson et l'enfonce sur son crâne rasé.

Il plisse les yeux.

Il plante ses talons dans le sol.

Il agite fébrilement les doigts telle une caricature de cow-boy au moment du duel final.

– Tu ne m'as pas demandé si j'avais tué… lance-t-il à Billy.

– Vous avez tué ? lui demande le garçon.

– Non.

Ses dents éclatantes mordent l'espace avec un rire orageux et il disparaît derrière un rocher.

– Où vous allez ? s'inquiète Billy.

– Je vais pisser un coup ! Et ça m'ennuierait si tu m'accompagnais pour faire ce genre de truc !

– Et pour le reste ?

– Pour le reste, je ne crois pas que ce soit une bonne

idée non plus, mais il paraît que les États-Unis sont un pays libre, alors c'est à toi de décider…

– Rien ne me retient ici.

– Est-ce que quelque chose t'appelle ailleurs ?

– J'en sais rien…

– Qu'est-ce que tu y gagnerais ?

– J'en sais rien…

Sundance referme les boutons de sa braguette en grognant :

– Bon sang ! Qu'est-ce que tu sais alors ?

– Probablement rien.

– C'est la meilleure… Tu ne sais pas que la peau d'un nègre de mon espèce ne vaut pas un clou ?

– Celle d'un Peau-Rouge ne vaut pas plus cher !

– Quel âge as-tu ?

– Treize ans.

– Ça alors…

– Quoi encore ?

– Treize ans ! J'ai déjà passé exactement le même nombre d'années derrière les barreaux ! Et j'en risque dix fois plus si je me fais alpaguer en ta compagnie !

– Pourquoi ?

– Parce que « prise d'otage » ou « détournement de mineur » sont des chefs d'inculpation qui coûtent plus cher que tous les autres !

– Je suis pas votre otage !

– Tu crois peut-être que les flics se soucieront de ce détail ?

– Je me soucie pas des flics !

– Tu crois peut-être que je vais tranquillement me promener histoire de voir du pays ? Tu crois peut-être que je vais prendre le temps de contempler le paysage ? Tu crois peut-être que je vais m'ennuyer si je fais ce trajet tout seul ?

Billy saisit une poignée de cailloux et les jette un à un sur un luisant morceau de gypse :

– Je crois juste que mes ancêtres vous laisseront pas aller bien loin si vous traversez leur territoire sans les saluer.

– Tes ancêtres ?

– Ouais.

– Quels ancêtres ?

– Ceux qui sont enterrés sur le plateau le plus aride.

– Où ça ?

– Un peu plus au sud… Sur les Quarante Arpents de l'Enfer !

Sundance hoche la tête :

– N'essaie pas de m'embrouiller avec des histoires de sorcellerie…

– Vous savez conduire ?

– Attends un peu…

– Est-ce que vous savez conduire ?

– Évidemment !

Billy lui montre du doigt un véhicule borgne arrivant de San Carlos et dont le phare grossissant troue la nuit tel l'œil d'un cyclope tourmenté :

– Alors voilà ce qui va nous éviter de marcher !

Il suffit au garçon de tendre la main pour que la voiture freine en grinçant.

Son pare-brise est constellé d'impacts et d'insectes méconnaissables.

Sundance ouvre brusquement la portière du chauffeur.

Ce dernier s'écroule par terre aussi sèchement qu'une bûche.

– Merde ! s'exclame Billy.

– Ce connard est tombé tout seul… s'étonne Sundance. Il dort ! Ma parole… Ce connard conduisait en dormant ! Putain de fêlé !

Il s'installe au volant et empoigne le levier de vitesse :

– Tu montes ou quoi ?

– Je peux pas laisser ce type au milieu de la route.

– Ça alors…

Billy traîne le mec par les pieds jusque sur le bas-côté et grimpe enfin dans la voiture.

– Je me demande bien pourquoi je ne me tire pas sans toi… grommelle Sundance.

Il fait pianoter ses doigts contre le tableau de bord.

Billy hausse le menton pour désigner la route à travers l'opaque rideau mortuaire que forme le pare-brise :

– Y a un carrefour une dizaine de kilomètres plus loin… Une piste part sur la droite… Vers le sud… En direction de Douglas…

Sundance enclenche une vitesse et les deux feux arrière du véhicule rétrécissent comme des braises en abandonnant la ville incendiaire de San Carlos et son ivre cortège de douleurs.

9

La piste est une langue froide et râpeuse bordée de crocs ébréchés et de molaires cariées.

Sundance tient fébrilement le volant :

– Cette bagnole est de la vraie camelote ! Tous les voyants sont en train de clignoter ! Regarde ça ! Le niveau d'huile ! La batterie ! Même les freins ! Merde ! On dirait un arbre de Noël !

– On a au moins eu la chance de la trouver avec le réservoir plein… tempère Billy.

– Hey ! Ça y est !

Le phare qui éclairait la voie de manière relativement convenable vient de se transformer en lampe de poche.

– Cette chiotte est en train de nous lâcher ! jure Sundance.

Il arrête la voiture :

– On ne peut pas continuer à rouler dans le noir…

Billy descend et regarde les moustiques tournoyer dans la faible lumière.

– Donne un coup de pied là-dedans ! lui ordonne Sundance.

Billy tape sur le phare sans résultat.

– C'est un signe… dit-il.

– Un signe de quoi ?

– On est sur les Quarante Arpents de l'Enfer…

– Et alors ?

– Le phare s'est éteint, ça doit signifier quelque chose…

– Bon sang ! Cette caisse est une véritable poubelle ! On n'avait pas besoin d'un signe de ce genre pour s'en rendre compte !

– Je vois pas les choses comme ça.

– Comment tu vois les choses ?

– Ils vous ont fait échapper à la mort. Ils vous ont fait échapper à la prison. Ils vous…

– Qui ça ? l'interrompt Sundance.

– Les ancêtres des Quarante Arpents de l'Enfer.

– Ne me dis pas que tes ancêtres sont mêlés à ça…

Il faut les remercier. Ils ne vous sauveront pas une fois de plus si vous ne le faites pas.

Billy a prononcé ces mots en appuyant avec gravité sur chaque syllabe.

Sundance coupe le moteur et claque sa portière :

– Non mais je rêve… On a fait à peine vingt kilomètres et voilà que je suis obligé de m'arrêter pour perdre mon temps avec des fantômes !

Il exécute une outrancière révérence face à la nuit et se met à psalmodier ironiquement un chapelet de « merci ».

– Arrêtez ! rugit Billy.

– Qu'est-ce que tu proposes de mieux ?

– On peut bivouaquer là-haut et repartir demain à l'aube… Des cairns balisent le chemin… Il suffira de faire un feu pour exprimer notre reconnaissance…

– Me voilà en plein conte…

– Vous avez un briquet ?

– Ouais.

Billy trempe un bâton dans le réservoir de la voiture :

– Ça nous servira de torche.

Sundance enflamme le bout de bois imbibé d'essence et suit le garçon sur un invisible sentier.

Curieux pèlerins en procession au milieu de nulle part.

Leurs pieds dérapent sur les pierres.

Leurs jambes gravissent péniblement les lacets noueux de la pente.

Et leur tête caresse désormais le ciel étoilé alors que le vent rasant le sommet du plateau désintègre littéralement leur torche en cendres.

– Et maintenant ? demande Sundance d'une voix chevrotante.

– Il faut faire le feu…

– Comment ça ?

– Avec du bois mort… C'est pas ce qui manque !

– Mais un feu en pleine nuit ! Je ne connais rien de pire pour se faire repérer ! Et les flics sont certainement déjà à mes trousses !

– Les ancêtres veilleront sur nous.

– Bien sûr !

– Il va aussi falloir leur trouver de quoi manger.

– De mieux en mieux !

– Je vais me charger de ça ! Occupez-vous du feu !

– Et puis quoi encore ?

Billy sélectionne un tas de pierres tranchantes et s'enfonce avec dans les ténèbres sans répondre.

– Merde alors... grommelle Sundance. Ce petit imbécile me laisse planté là tout seul !

Des bruits de percussions, silex contre silex, ricochent avec violence en contrebas.

Des couinements de souris fendent le vent et les ailes membraneuses d'un chéiroptère claquent au même moment.

Sundance se met précipitamment à ramasser du bois, les yeux exorbités, espérant vivement que ce travail le préserve d'une éventuelle attaque démoniaque.

Le feu est déjà en train de crépiter lorsque Billy revient avec trois chauves-souris pendouillant au bout de chaque main.

– Je me disais bien… glapit Sundance. Il ne manquait plus que des vampires !

Billy les jette par terre et s'assoit entre deux rochers :

– Venez vous mettre à l'abri !

– Tes ancêtres vont bouffer ces monstres ?

– Vous devez regarder trop de films… Ce sont juste des offrandes… Des charognards les emporteront…

Sundance plaque une main sur son Stetson pour le protéger des bourrasques :

– Je ne comprends pas pourquoi tes ancêtres étaient attachés à ce morceau de caillou…

– Ils sont morts ici les uns après les autres pour ne pas devenir esclaves comme les vôtres ! lui jette Billy.

Il ferme les yeux et ajoute mélancoliquement :

– Je regrette de ne pas avoir fait partie de leur tribu…

– Pourquoi ?

Un vif coup de vent s'engouffre dans le feu pour asperger d'étincelles la réponse de Billy :

– Parce qu'ils savaient au moins pour quoi ils se battaient !

10

Une voix sépulcrale fissure le sarcophage de la nuit.

– Les seuls à ne plus être en danger étaient les morts… annonce-t-elle sans mélodie.

Ses vibrations ébranlent le sol comme si les cordes vocales qui les produisaient étaient enfouies sous les rochers.

Une jeune Indienne traverse le canyon à cheval sur une ombre et se précipite dans les bras décharnés d'une femme en geignant : « J'ai vu papa… Il ne peut plus marcher… »

Son père vient de se faire écraser les pieds à coups de masse par deux militaires dont les vareuses rutilantes abritent des milliers de chauves-souris.

Un Apache suspendu à un arbre par les orteils noue ses cheveux pour ne pas les laisser traîner par terre et attend patiemment la mort.

Des pointes de flèches arrachent des copeaux de lumière.

Des tomahawks hachent les bourrasques.

Des coups de feu déracinent le monde.

Et une vieille femme au teint cuivré, dernière survivante de cette effroyable apocalypse méthodique, sanglote à moitié nue : « La cruauté que nous avons subie était plus longue qu'une rivière... Plus grande qu'une montagne... Plus profonde que l'océan... »

Sundance se réveille trempé de sueur.

Il fixe les étoiles mais les étoiles ressemblent trop aux hogans incendiés de son cauchemar alors il se lève et secoue tous ses membres pour terrasser le sommeil qui les engourdit encore.

Le vent est tombé.

Les flammes du feu sont tombées.

Les masques ténébreux et grimaçants du paysage sont tombés.

Sundance se frotte les mains et pousse un jappement de coyote.

Billy jaillit hors du bivouac :

– Qu'est-ce qui vous prend ?

– Billy !

– Ouais.

– Je ne peux plus dormir ! Je vois tes ancêtres dès que je ferme les yeux ! Putain de cauchemar !

Il frissonne :

– J'ai vu des têtes accrochées aux arbres… J'ai vu des crânes se fendre… J'ai vu des chauves-souris leur sortir des orbites… Bon sang ! Et un type attendait tranquillement la mort en se faisant une mise en plis alors que des lanières lui sciaient les orteils !

– C'est pas croyable… estime Billy. Ils vous ont confié leurs souffrances !

– Des souffrances « plus longues qu'une rivière » et tout le tremblement ! récite Sundance d'un ton excédé.

– Ça veut dire qu'ils vont continuer à veiller sur vous !

– Je préfère ne pas compter sur eux si je dois revivre des nuits pareilles ! Merde alors !

Il file en courant vers les bords escarpés du plateau.

– Faites gaffe où vous foutez les pieds ! le met en garde Billy. Ça tombe à pic !

Sundance s'assoit sur l'arête rocheuse et contemple les contours inquiétants de la nuit :

– La voix a dit que « les seuls à ne plus être en danger étaient les morts » !

Billy longe la falaise avec autant de maladresse qu'un somnambule.

Sundance le pousse brutalement en arrière pour l'éloigner du précipice :

– Tu as le vertige ou quoi ?

– On dirait… lâche le garçon en haletant.

– Je croyais que les Indiens ne craignaient pas ça !

– La preuve…

– Ce sont pourtant eux qui travaillent en équilibre sur tous les gratte-ciel du pays !

– Parce que ce sont les seuls à être assez ivres pour faire un boulot pareil… explique Billy.

Il reprend son souffle et raconte maladroitement ce que lui rabâchait son grand-père à ce sujet :

– L'alcool leur donne le courage… Ils pourraient même pas faire trois pas dans la rue sans ça… Alors sur un échafaudage… Ils se chieraient dessus comme tout le monde…

« Les Indiens ont tellement souffert qu'ils ont appris à avoir peur de tout… » affirmait son grand-père. « Le moindre geste leur semble être une menace. Le moindre frémissement leur semble être un danger. L'alcool leur permet de garder les yeux ouverts malgré ça. Il les fait tituber tout en les maintenant en équilibre. Il les détruit tout en les conservant. La plupart d'entre eux se feraient sauter le caisson bien plus tôt s'ils ne pouvaient boire pour supporter le monde… »

Sundance hoche doucement la tête comme si on venait de lui révéler un inimaginable secret.

– Vous connaissez Hollywood ? lui demande Billy.

– Je suis passé sur Sunset Boulevard… Il ne s'y passe rien de plus intéressant qu'ici…

– Ça me ferait mal de croire un truc pareil !

– Ça grouille de flics ! Et, en y réfléchissant bien, je préfère finalement la compagnie des fantômes !

Il ébouriffe les cheveux de Billy d'une main et ajoute :

– Un tas de choses nous séparent, bonhomme, mais je commence à comprendre ce qui nous rassemble tous les deux…

– Je vois vraiment pas ce que ça peut être !

– C'est là… C'est à Washington… C'est dans les couloirs de la mort du Texas… C'est dans les salles de spectacles de Broadway… C'est dans les rues pouilleuses de Harlem… C'est sur le toit de l'Empire State Building… C'est sur les rives du lac Michigan… C'est le long du Mississippi… C'est partout…

– Qu'est-ce que c'est ?

– C'est juste une impression…

– Laquelle ?

– L'impression que ce pays est pire qu'une prison pour les gens comme toi et moi…

Billy baisse la tête et les premières lueurs de l'aube voltigent comme des papillons calcinés dans ses cheveux.

11

Les pneus de la voiture rebondissent dans les ornières béantes qui crèvent la chaussée.

Rien ne laisse craindre le pire.

Ni le vent. Ni les nuages effilochés. Ni la terre rouge craquelée.

Rien ne laisse encore deviner quoi que ce soit.

Ni la peinture écaillée de la carrosserie. Ni les couleurs vives de la chemisette hawaïenne de Sundance. Ni les perles de transpiration dégoulinant dans le dos de Billy.

Rien ne laisse supposer la violence qui va soudain s'abattre là pour déchirer des hommes affamés en proie au même désespoir malgré leurs destinations opposées.

Un vagabond en loques est pour le moment vautré à plat ventre en travers de la piste.

Billy est en train de somnoler.

Et Sundance appuie sur la pédale de frein.

Il attrape le Stetson qui traîne sur le siège arrière et le pose sur son crâne avant de sortir de la voiture.

Ses pieds heurtent le sol en soulevant des gerbes de poussière.

Il essuie ses mains contre les jambes de son pantalon et caresse discrètement la boucle de sa ceinture.

– J'ai soif ! lui crie Billy par la fenêtre.

– Voilà un type qui a l'air bien plus mal en point que toi ! répond Sundance en lui montrant le corps gisant à quelques mètres du parechocs.

Billy descend à son tour de la voiture et entrouvre les lèvres pour exprimer son mécontentement mais sa bouche reste figée ainsi sans prononcer le moindre mot.

Le sourire de Sundance se transforme aussitôt en grimace.

Elles sont trois.

Elles sont chargées de haine.

Elles sont imprévisibles.

Les silhouettes qui viennent de surgir des rochers se découpent telles de maléfiques sculptures face au paysage grumeleux.

– Carlos ! vocifère l'une d'entre elles

L'homme couché à terre se lève vivement et annonce avec arrogance :

– Está bien !

Il lui manque toutes les dents de devant. Son torse est lacéré de griffures. Il est armé d'un fusil de chasse dont le canon scié est maintenant pointé vers Sundance.

Les trois autres encerclent la voiture.

Un grand gaillard défiguré par la vérole. Les cheveux semblables à des touffes d'herbe carbonisées. Des bottes dépareillées rafistolées à coups d'agrafeuse. Se curant délicatement les ongles avec la lame d'un immense couteau.

Un vieillard. Les yeux minuscules. Une barbe sale lui descendant jusqu'au nombril. Une main passée à l'intérieur de son caleçon long pour y apaiser d'infatigables démangeaisons. L'autre main tenant un revolver si rustique qu'une simple secousse suffirait à le disloquer.

Un jeune obèse au visage labouré de tics nerveux. Le front se plissant. Les joues se tordant. Les sourcils bondissant et s'entrechoquant comme des épées. Le corps parcouru par les mêmes invraisemblables décharges électriques. Seules ses mains passées autour d'une lourde mitraillette restent parfaitement immobiles.

– Tenemos hambre calajo ! hurle l'homme privé d'incisives en agitant son fusil. Donde está la comida ?

– On a faim… traduit fébrilement le vieillard. Où est votre bouffe ?

Sundance hausse les épaules et crache par terre.

– Vous énervez surtout pas… lui conseille prudemment Billy.

– Tu connais ces gars-là ?

– J'en ai vu des centaines traverser San Carlos… Ce sont des « dos rapiécés »

– Callate ! rugit le gros. La lana ! Y las llaves del coche !

Le vieux baisse son colt pour ânonner :

– Filez vos dollars… Et les clés de la voiture…

Billy retourne ses poches.

Cinq pièces de vingt cents en dégringolent.

Sundance se contente de cracher une nouvelle fois par terre.

L'homme au fusil de chasse envoie une longue giclée de salive sur son Stetson :

– Hijo de mierda !

Le gaillard au visage vérolé continue de se curer paisiblement les ongles.

Le gros approche sa masse imposante de la voiture.

Le vieux rehausse le canon de son arme vers Sundance :

– Écarte-toi sale nègre !

Sundance recule de quelques pas et fait signe à Billy de le rejoindre.

Le grand cesse enfin de nettoyer ses ongles et lève les yeux pour dire calmement :

– Quiero el niño !

Il désigne Billy avec la pointe de son couteau.

Le malaise qui suit cette étrange requête est aussi palpable qu'un mur de parpaings.

L'homme reprend son travail de manucure sans plus se soucier du reste comme s'il ne doutait pas que sa volonté puisse être insatisfaite.

Le ricanement de ses trois acolytes se marie avec le cri d'un rapace survolant cette scène.

Sundance comprend à partir de cet instant que les secondes suivantes vont s'égrainer en rafales comme des cartouches de plomb.

12

Des brumes de chaleur font mollement naviguer l'horizon cramoisi.

Les pupilles de Sundance oscillent entre le canon légèrement désaxé du fusil de chasse et celui de la lourde mitraillette.

Sa main droite glisse sous sa chemisette.

La boucle de sa ceinture cliquette.

Un pistolet de calibre 38 apparaît au bout de son bras.

Le jeune obèse crispe les mâchoires.

Une balle vient de trouer son ventre gras et cette balle lui perfore l'estomac avant même que la première déflagration ne lui broie les tympans.

La deuxième explose en lui déchirant l'épaule.

Son doigt écrase malgré tout la détente.

Sundance se jette dans les jambes de Billy et se rue avec lui contre une portière.

Les balles s'enfoncent dans le sol et émiettent la carrosserie de la voiture et ricochent contre les rochers.

Des fragments métalliques fusent comme de méchants éclats de grêle.

Trois d'entre eux vont se planter en tournoyant tels des météores dans le thorax de l'homme au couteau.

Il tombe à genoux en hurlant mais son cri se transforme en geyser de sang car une esquille vient de lui sectionner la carotide.

Le gros s'affale sur le dos et, le doigt bloqué sur la gâchette, arrose le ciel de balles incandescentes jusqu'à ce que son chargeur expire en même temps que son pouls.

Billy tremble.

Sundance reprend son souffle.

Billy reprend son souffle.

Sundance respire.

Billy respire.

Sundance fait crisser ses dents les unes contre les autres.

Une décharge de chevrotines fait voler les vitres de la voiture.

Les débris de verre éclaboussent le Stetson de Sundance.

Billy ferme les yeux.

Il les rouvre pour apercevoir le vieillard à l'angle du pare-chocs arrière.

Ce dernier arme le chien rouillé de son revolver mais le percuteur heurte une chambre vide.

Sundance ricane.

Une autre décharge crible le capot de plombs.

Sundance se redresse.

L'homme aux gencives nues a ouvert la culasse de son fusil de chasse pour y insérer deux nouvelles cartouches.

Sundance tend le bras droit.

Trois flammes sortent de son pistolet et trois brèves détonations claquent.

Le corps de l'homme tressaute et se soulève de terre tel un pantin démantibulé et reste statufié en plein vol alors que son sang trace trois courbes rouges dans les airs avant de retomber lourdement pour embrasser la poussière comme un avide linceul.

Sundance se retourne.

Le vieillard flageole si violemment que son colt lui échappe des mains.

Sa longue barbe sale est secouée par les tremblements de son menton.

Sundance fait le tour de la voiture :

– Billy ?

– Ouais…

– Ça va ?

– Non…

– Tu es blessé ?

– Non…

– Alors mets-toi debout !

Le garçon s'accroche aux montants de la portière pour se relever.

Sundance jette les clés de contact aux pieds du vieil homme :

– Ce tas de ferraille est incapable d'aller plus loin…

Il ôte son Stetson pour éparpiller les morceaux de verre qui le recouvrent et le repose sur son crâne :

– Billy ?

– Ouais…

– Tu es capable de marcher ?

Le garçon ne répond pas.

Sundance le prend par les épaules et, sans lâcher son pistolet, file trébucher sur le pierrier dont la pente monte droit vers le sud.

13

Les oreilles du braque volent et claquent comme deux grands mouchoirs.

Une voix claire suspend l'animal dans sa course :

– Liane !

La chienne s'immobilise, une patte avant pliée en équerre, l'échine en relief, une oreille renversée sur les yeux.

Un rire fluide caresse la pente sablonneuse.

La tête du braque pivote vers la jeune fille arrivant du ranch au pas de course et se redresse brusquement pour surveiller les deux inconnus glissant sur le dôme de la colline.

Sundance rengaine discrètement son pistolet sous la boucle de sa ceinture.

Billy descelle ses paupières soudées par la poussière :

– On arrive ?

– On arrive ! lui confirme Sundance. Je ne sais pas encore où… Mais on y arrive !

Ils viennent de marcher cinq heures sans échanger le moindre mot.

Ils ont laissé la voiture criblée de balles derrière eux.

Un vieillard agenouillé entre trois cadavres suppliait le moteur de démarrer.

En vain.

– Vous m'aviez pas dit que vous aviez un flingue… avait lâché Billy sur le premier sommet.

– Ce n'est pas le mien !

– Qu'est-ce que ça change ?

Ça ne changeait rien et Sundance le savait.

Il avait malgré tout cherché à justifier :

– Il traînait par terre quand tu m'as détaché…

Un des flics a dû le perdre pendant le carambolage… Je l'ai ramassé…

– Vous avez bien fait !

– Je ne sais pas.

Une succession de dunes affûtées et de combes encaissées s'étirait devant eux.

Sundance s'était mordu les lèvres mais son innocence à jamais délabrée avait fini par arroser son visage de sanglots gros comme des marteaux.

Ils ont fait le reste du trajet sans ouvrir la bouche.

La faim et la soif les tenaillent.

Le soleil charge leurs pas de sommeil.

Sundance soutient Billy par les hanches et le conduit du mieux qu'il peut au bas de la pente.

Le braque les encercle de bonds furtifs en clabaudant.

– Liane ! lance la jeune fille. Du calme !

Elle passe une main dans sa longue chevelure rousse :

– Cette chienne est folle !

Des mèches lui retombent sur le nez mais elle les ratisse en arrière pour regarder franchement l'homme noir et le garçon qui lui font face.

Elle a douze ans.

Elle connaît le genre de personnes qui traversent ces terres.

Elle a déjà côtoyé plus de hors-la-loi que Sundance lui-même.

– On vient de Phoenix... ment ce dernier.

– Je me moque de savoir ça ! lance-t-elle.

Billy regarde le sol pour éviter de croiser ses yeux cinglants.

Elle dresse le menton sans cesser de sourire :

– Je me demande pourquoi vous vous sentez obligés de raconter des salades. Des Mexicains de soixante-quinze ans tentent de nous faire croire qu'ils vont suivre des études à Columbia ! Ce que vous dites est bien plus probable mais ça reste de toute façon un mensonge.

Sa robe blanche aveugle le soleil et ses cheveux roux ondulent comme des couleuvres caramélisées :

– Ne vous inquiétez pas ! Mon père ne vous demandera même pas vos papiers. Il héberge un tas de va-nu-pieds et offre un travail honnête à tous les bandits qui cherchent quoi faire de leurs mains ! Il manque tellement de main-d'œuvre qu'il va jusqu'au Mexique pour y débaucher des canailles…

– Faye ! l'interrompt une voix puissante.

La jeune fille les invite à la suivre en direction du ranch :

– Il s'inquiète dès que je disparais plus de cinq minutes !

Le braque continue de bondir et de japper entre leurs jambes comme un jeune chiot.

– Où sont les vaches ? demande Sundance en découvrant l'espace désertifié qui entoure les bâtisses.

– Papa les a envoyées paître dans une vallée voisine en attendant de refaire les clôtures !

Des bruits de hache et de bois fendu proviennent d'une immense grange devant laquelle quelques hommes se désaltèrent au goulot d'une gourde.

– Ils taillent des piquets ! explique la jeune fille.

Billy marche couvert par l'imposante carrure de Sundance.

Un homme les attend à mi-chemin de la maison.

Il est vêtu d'une salopette et est assis sur une baignoire rouillée convertie en abreuvoir.

Le chien file en rampant se frotter contre ses mollets.

La jeune fille l'embrasse sur une joue.

Sundance et Billy le saluent approximativement de la main.

Il porte des lunettes dont les verres sont aussi épais que les vitres d'un aquarium :

– Qu'est-ce que vous voulez ?

– Se laver… Boire… Et manger… énumère Sundance.

– Vous voulez pas travailler ?

Billy enjambe le rebord de la baignoire et, comme si le moteur invisible qui l'avait propulsé jusqu'ici venait subitement de caler, s'affale de tout son long dans l'eau chauffée par le soleil.

14

Des hommes enfoncent à la masse des piquets dans le sol aride et leurs coups fractionnent le temps sur un rythme imperturbable.

Billy brosse soigneusement ses cheveux propres.

Sundance s'asperge de savon sous le jet fumant de la douche.

Des serviettes moelleuses se déplient et des vêtements fraîchement repassés les habillent.

Avant ça, sur le seuil de la maison, le fermier avait agrippé Sundance par un bras :

– Je peux vous poser une question ?

– Bien sûr…

– Qu'est-ce que vous foutez avec ce gamin ?

– Demandez-lui…

Billy avait shooté dans la poussière en guise de réponse.

Des assiettes débordant de soupe les attendent maintenant sur une table en bois brut.

Le fermier bombe le torse pour leur annoncer :

– Voici mon épouse… Stella…

Une femme magnifique dans une robe rouge brodée de fil vert.

Un sourire brodé sur le visage.

Des rides en patte-d'oie brodées aux coins des yeux.

Sundance et Billy vident leurs assiettes et saucent à grand bruit le bouillon gras des légumes.

Des tacos énormes.

Des tranches de pain énormes.

Des galettes de maïs grillé énormes.

La gueule du braque est aplatie sur les cuisses de Billy.

Ses mâchoires claquent pour gober les miettes.

La main blanche de la jeune fille lui tape sur le museau.

Effleure la cuisse de Billy.

Billy concentre son regard sur les veines du bois de la table pour ne pas tourner les yeux vers le bras nu qui accompagne cette main.

La voix douce de la jeune fille rend inaudibles les coups de masse :

– Vous aimez ça ?

Sundance hoche affirmativement la tête.

Billy bredouille quelque chose que personne ne comprend.

Même pas lui.

– Maman est la meilleure cuisinière de tout le sud du pays ! clame fièrement la jeune fille.

Sa mère rougit comme si ce compliment sortait de la bouche de la plus fine des gastronomes.

– Je ne sais pas comment vous remercier… souffle Sundance.

– Vous pouvez vous contenter de dire merci… déclare le fermier.

– Merci.

– Vous pouvez aussi prendre une hache et aller tailler des piquets…

Sundance se lève et retrousse ses manches.

– Ça presse pas… le retient le fermier. Vous feriez mieux de vous reposer un peu…

Mais Sundance est déjà dehors, crachant dans la paume de ses mains, se dirigeant vers la grange dont les murs de planches tremblent aux sons des cognées.

Billy le rattrape en trottinant :

– Vous oubliez votre chapeau !

– Garde-le… Et mets-le sur ta tête si tu restes en plein soleil !

Billy agite le Stetson en éventail pour se refroidir le front.

Un rire valse entre ses tympans.

Il rabaisse le chapeau et voit les cheveux roux de la jeune fille flotter comme dans les publicités qui vrillaient les yeux de son grand-père.

– Je m'appelle Faye ! lui dit-elle.

Son sourire est fiché dans le crâne de Billy depuis ce matin.

Il y fait sauter des verrous.

Il y fait claquer des portes inconnues.

Il y fait vaciller les parois inébranlables du monde.

– Et toi ? demande-t-elle.

Le garçon tripote le Stetson et incline la tête comme un misérable se recueillant devant une piteuse dépouille :

– Billy.

– Tu espères me faire croire ça ?

– Je m'appelle Billy… C'est comme ça…

– Les Apaches ont des noms drôlement plus poétiques que ça !

– Mes parents devaient se foutre de la poésie…

– Ah bon ?

– Ouais…

– La poésie est une chose merveilleuse !

– Je sais pas…

– Pourquoi tu regardes tout le temps par terre ?

– Je sais ni lire ni écrire… avoue-t-il humblement.

Le sourire de la jeune fille se tord, éclipsé par les mots que vient de prononcer Billy, et se redessine alourdi de chagrin avant de répéter :

– Pourquoi tu regardes tout le temps par terre ?

– À cause du soleil…

– Tu as le soleil dans le dos ! Regarde-moi !

Billy continue de fixer le sol.

– Œil-dans-la-Poussière est un nom apache qui te conviendrait beaucoup mieux ! lui jette-t-elle.

Il lève alors les yeux vers les taches de rousseur qui cernent les siens et articule difficilement :

– Je connais rien à la poésie… Je sais pas lire… Je sais pas écrire… Je m'appelle Billy… Je suis simplement américain…

15

Le cercle de corde fend l'air en sifflant et va entourer une bûche posée à la verticale sur une pierre plate vingt mètres plus loin.

Faye tape des mains.

Billy desserre le nœud coulant sans prêter attention à ses applaudissements.

Il rassemble la corde avec application.

Écartant largement les bras pour la plier en segments égaux et retenant chaque longueur dans sa main gauche.

Il empoigne la boucle du lasso dans sa main droite et redresse la bûche du bout des pieds.

Il retourne vers la croix qu'il avait griffonnée par terre pour marquer l'emplacement de son dernier lancer.

Il jette un œil aiguisé vers sa cible immobile.

Et il recule de dix pas de plus.

Son bras droit décrit une vive diagonale vers le ciel.

Son bras gauche laisse filer les mètres de corde et se rétracte brusquement.

La bûche à nouveau emprisonnée bondit sous le choc provoqué par la tension.

Faye applaudit encore plus vigoureusement que les fois précédentes.

Son père accroupi sur le perron essuie ses lunettes avec un mouchoir.

Il les repose sur son nez et demande au garçon :

– Où as-tu appris à faire ça nom de Dieu ?

– C'est la première fois que je fais ça… lui répond Billy.

– C'est la première fois que tu te sers d'un lasso ?

– Ouais.

– Nom de Dieu !

– Papa ! s'offusque la jeune fille. Arrête de jurer ainsi !

– Excuse-moi.

Il se tape sur les genoux avant de reprendre :

– Mais je ne connais personne capable de…

Il ne termine pas sa phrase.

Il étouffe presque en constatant que tous les Mexicains sortent un à un de la grange avec des brassées de piquets.

Un homme au teint mat se détache du groupe pour venir lui expliquer :

– Señor… Le découpage est fini !

– Comment ça ? Il restait tout à l'heure des centaines de piquets à tailler et autant de bûches à débiter ! Une pleine journée de boulot !

– No señor… Le nègre a fait tout ça en deux heures !

Sundance a enlevé sa chemise.

Son torse est aussi luisant que s'il sortait d'un bain de goudron.

Il jette sa hache entre les pieds du fermier éberlué :

– Et maintenant… Je dois aller au Mexique !

Billy replie tranquillement son lasso.

Faye sautille autour de lui :

– Encore !

– Quoi ?

– S'il te plaît Billy ! Refais-le encore une fois !

Les prunelles de la jeune fille étincellent comme de houleux prismes de quartz.

Jamais celles du garçon n'ont été aussi proches d'un tel abîme.

Il détourne la tête et élargit la boucle du lasso.

Sundance comprend immédiatement son intention mais la corde fracture déjà l'espace et lui enserre les bras contre les côtes avant même qu'il n'ait le temps de faire le moindre geste.

– Sacré putain de bon Dieu ! s'écrie le fermier.

Sa femme sort précipitamment de la maison :

– Larry !

– Oui…

– Qu'est-ce qui te prend ?

– Ce gosse se sert d'un lasso comme personne !

– Regarde le drôle d'énergumène qu'il vient d'attraper ! clame Faye en bondissant autour du prisonnier.

Tous les muscles de Sundance tressaillent.

Billy lui pose son Stetson sur le crâne et fait coulisser le nœud de la corde pour le délivrer.

– Ma parole ! lâche Sundance le souffle coupé. Je ne te croyais pas aussi doué pour faire un truc pareil avec un morceau de ficelle ! Merde alors !

Il cligne des yeux et éclate de rire.

– Pourquoi devez-vous aller au Mexique ? le coupe le fermier.

– Parce que la police ne me cherchera pas là-bas !

Trois secondes lacèrent le temps en silence.

– La police ?

– La police.

– Les trois quarts des hommes avec qui vous venez de travailler sont aussi recherchés par la police.

– Qu'est-ce qu'ils foutent ici ?

– Ils travaillent. Tout simplement. Je les héberge. Je les nourris. Je les paye convenablement. Et ils se tiennent tranquilles.

Sundance secoue la tête :

– On a déjà tenté de me convaincre que le travail possédait des vertus... Mais, personnellement, je ne lui en reconnais aucune... Au contraire...

– Bon.

– Alors je vais y aller !

– Vous êtes pressé ?

– Je suis pressé.

– La frontière est à plus de cent kilomètres.

– Qu'est-ce que vous me proposez ?

Le fermier lui montre une fourgonnette garée devant la maison :

– Je vais faire les courses trois fois par semaine au marché de Cananca.

– Cananca ?

– C'est la ville mexicaine la plus proche. Tout y est moins cher que de ce côté-ci...

Il scrute le visage de Sundance et ajoute :

– Pas seulement la main-d'œuvre… Vos idées ne vaudront rien non plus au Mexique !

– Que savez-vous de mes idées ?

– Je les devine… Mais ne vous faites pas trop d'illusions… La vie d'un homme vaut aussi moins cher de l'autre côté de la frontière !

– Et vous êtes quand même prêt à m'y conduire ?

– Je pars demain à l'aube… promet le fermier.

Faye a arrêté de trépigner depuis un bon moment.

Elle regarde Billy sans ciller et entrouvre à peine les lèvres :

– Tu comptes aussi aller là-bas ?

Le garçon shoote simplement dans la poussière.

16

Les volets clos sont striés par le croissant tranchant de la lune.

Billy écarte ses couvertures et sort de son lit.

– Qu'est-ce que tu fabriques ? grommelle Sundance depuis le matelas voisin.

– J'arrive pas à dormir !

– Ne me dis pas que c'est à cause de tes ancêtres…

– Non.

– Alors ?

– Je sais pas. Je vais faire un tour…

– Attends !

– Quoi ?

– Tu comptes venir avec moi au Mexique ?

– Je sais pas.

– Putain ! Tu ferais bien d'y réfléchir avant demain !

– Ouais. Je vais faire un tour dehors.

Faye est assise sur le perron de la maison.

Une lampe-tempête suspendue à ses côtés disperse de mouvants reflets bruns dans ses cheveux.

Billy, debout derrière elle, n'ose pas approcher.

Le braque, affalé sur le ventre, lève le museau vers lui.

Faye déclare sans se retourner :

– Je t'attendais…

– Comment tu pouvais savoir que je me lèverais pour venir ici ?

Elle hausse les épaules et aplatit une de ses mains sur le plancher :

– Tu ne veux pas t'asseoir ?

Billy s'installe près d'elle en prenant soin de ne pas la frôler.

Elle tient un livre ouvert entre ses genoux.

Les yeux du garçon ne s'y arrêtent pas.

Ils survolent la robe blanche de la jeune fille et se posent sur ses pieds nus.

– J'étais en train de lire… lui confie-t-elle en baissant la voix.

– Je vois ça.

– C'est une sale histoire…

– Ah bon ?

– Ça s'appelle *Le Poney rouge.*

– *Le Poney rouge* ?

– Oui.

– J'ai jamais vu de poney rouge !

Elle feuillette avec soin les pages de l'ouvrage et propose doucement :

– Je peux t'en lire un morceau si tu veux…

– Tu ferais ça ?

– Si tu veux bien…

Billy croise ses jambes en tailleur et fixe les lames du plancher :

– Je veux bien…

– C'est un livre de John Steinbeck.

– John Steinbeck… répète Billy.

– Tu écoutes ?

– J'écoute.

Le sourire de Faye disparaît derrière un masque délicat tendu par la concentration :

– « Le premier coup brisa le bec sur le côté et un sang noir jaillit du coin tordu et parcheminé de la bouche. Jody frappa de nouveau et… »

– Bon sang ! s'étonne Billy. C'est ce que tu appelles de la poésie ?

– Oui.

– Ça alors !

– « Il frappa encore et encore, jusqu'à ce que le busard fût étendu mort, jusqu'à ce que sa tête ne fût plus qu'une pulpe rouge. Il continuait à frapper l'oiseau quand… »

Faye s'arrête brusquement.

– Pourquoi tu continues pas ? lui demande Billy.

Elle referme le livre :

– Tu vas partir au Mexique avec ton ami ?

Il croyait connaître la réponse à cette question mais la main de la jeune fille glissant sous ses cheveux pour lui effleurer le cou balaie toutes ses précaires résolutions.

17

Sundance a encore les yeux ouverts lorsque le garçon regagne la chambre.

Billy ?

– Ouais.

– Alors ?

– Alors quoi ?

– Tu t'es décidé ?

– Ouais.

– Eh bien ?

Le garçon ne répond pas.

– Eh bien ? lui redemande Sundance.

Billy murmure alors sur un ton inaudible quatre mots que le silence transforme en coups de tonnerre :

– Je vais rester ici…

Sundance allume l'ampoule de chevet.

Il se redresse pour considérer attentivement le visage du garçon qui se tient immobile sur son lit.

Il éteint enfin la lumière et conclut :

– Tu es tombé amoureux de cette fille.

– N'importe quoi !

– Ma parole ! Ça saute aux yeux ! Tu es amoureux !

Billy reste muet.

– Tu es quand même sacrément verni ! estime Sundance.

– Ils vous ont aussi proposé de rester…

– Je ne peux pas !

– Alors arrêtez de pleurnicher !

– Merde alors… ricane Sundance. J'espère quand même que tes ancêtres vont continuer à veiller sur moi ! J'ai pas envie de me faire cueillir à la frontière !

– Les douaniers vous laisseront passer sans lever le petit doigt.

– Comment peux-tu prévoir cela ?

– Faye vient de me raconter tout ça. Son père les connaît. Il les voit régulièrement. Et il leur vend des bêtes au rabais pour qu'ils ferment les yeux sur ses allées et venues.

– Voilà enfin une bonne nouvelle !

– Ouais.

Billy s'allonge et respire bruyamment.

– Quelque chose te travaille ? s'inquiète Sundance.

– Elle m'a raconté un tas d'autres trucs… rumine le garçon.

– Est-ce que c'est grave ?

– Elle m'a dit comment le père de son père avait fait fortune pour acheter ces terres et ce ranch…

– Raconte ! le presse Sundance.

– Il vendait de l'alcool à brûler aux Apaches…

– Putain de merde !

– Quoi ?

– Tu ne peux pas rester sur des terres pareilles !

– Ça ne change rien… Je suis quand même amoureux de cette fille…

Sundance soupire et brise le silence au bout de quelques minutes alors que Billy dort peut-être déjà :

– Tu as raison… De toute façon… Il vaut peut-être mieux que ce soit comme ça…

18

Une grosse mouche tournoie contre les vitres de la camionnette.

Sundance observe les premiers arpents du Mexique par la fenêtre.

Billy et Faye se sont endormis sur le siège arrière.

Le fermier coupe le moteur.

– Merci… dit Sundance en descendant de la voiture.

Il tape timidement sur la carrosserie et fait signe à Billy de baisser sa vitre :

– Mon chapeau est sur le siège avant…

Le garçon se racle la gorge et fronce les sourcils :

– Et alors ?

– Alors il est pour toi ! Salut cow-boy !

Billy hausse les épaules.

Le ciel hausse les épaules.

La terre entière hausse les épaules.

Sundance sourit et son sourire reste suspendu dans le vent alors qu'il a déjà tourné le dos et qu'il se dirige à grandes enjambées vers le bus en partance pour Chihuahua.

Ouvrage réalisé par le Studio graphique des Éditions du Rouergue

Achevé d'imprimer
par l'Imprimerie Floch à Mayenne
en novembre 2003

Dépôt légal : septembre 2002
N° d'impression : 58543
ISBN : 2 84156 389 8

Imprimé en France